Le stylo rouge

ROQUECLAIRE
1, avenue du Parc
31120 ROQUES/GARONNE
Tél. 61 72 12 72
CCP TOULOUSE 620 90 F

W0386101

© Castor Poche Éditions Flammarion, 2005.

MARIE-CLAUDE BÉROT

LE STYLO ROUGE

ROQUECLAIRE
1, avenue du Parc
31120 ROQUES/GARONNE
Tél. 61 72 12 72
CCP TOULOUSE 620 90 F

Castor Poche Flammarion

À Éliane

Chapitre 1

J'aime bien l'école. Mais à l'école personne ne m'aime. Ce n'est peut-être pas tout à fait vrai que personne ne m'aime, mais moi je le crois. D'abord, je ne suis pas assez amusante, ni assez jolie, ni assez dissipée, ni assez maligne. Et pas bavarde du tout.

Je ne me dispute avec personne, et je ne joue avec personne non plus. J'ai peur que les autres ne me veuillent pas avec eux. Je ne vais jamais au milieu des enfants qui jouent. Si j'y allais, ils pourraient me repousser, je préfère ne pas essayer.

Je reste seule au fond de la cour pendant les récréations. Je ne m'ennuie pas, je me raconte des histoires. Des histoires très belles, où tout le monde m'aime, où tout le monde vient me chercher, me prendre par la main, où tout le monde me sourit. Des histoires qui ressemblent au conte de Blanche-Neige et ses sept nains tellement gentils. J'aurais voulu inventer cette histoire, mais celles que j'imagine sont aussi très belles, et peut-être plus.

La maîtresse de ma classe de CM1 n'est pas méchante avec moi. Ça non ! Au contraire, elle vient souvent tout près comme si elle voulait me parler doucement. Mais, chaque fois, c'est moi qui m'échappe, ou qui regarde ailleurs. Si elle m'aimait vraiment, elle me rattraperait, elle me parlerait, même lorsque je regarde ailleurs. Il me semble.

Parfois, notre maîtresse gronde Jonas qui est insupportable et travaille très mal. Il lui arrive aussi de gronder Angèle qui fait sans arrêt celle qui sait tout. Moi, elle ne me gronde jamais. Pourtant j'ai toujours peur qu'un jour elle se décide à le faire.

On ne me gronde pas, on ne me punit pas, et j'ai peur quand même.

Je suis une fille pas intéressante qui ne fait jamais rire, ni pleurer. Je ne risque pas d'amuser ou d'énerver les autres, je suis toujours seule. À ma table de deux, la place à côté de la mienne est vide.

À croire que je suis invisible. Le jour où j'ai pensé que j'étais peut-être invisible pour les autres, ça m'a fait drôlement plaisir. Ça doit être très amusant d'être invisible, on peut assister à tous les jeux, entendre toutes les histoires, voir toutes les choses très belles que certains regardent en cachette. Si l'on est invisible, on n'a pas besoin de parler, et moi, justement, je n'aime pas parler.

Hélas, ce n'est pas possible que je sois invisible. Ce n'est pas possible à cause des habits. J'ai des vêtements comme tout le monde, eux, on peut les voir : donc ce n'est pas possible d'être tout à fait invisible.

Chapitre 2

Je vis dans une maison, très très vieille, et toute petite. Si petite que l'on peut passer devant sans la voir à cause des arbres touffus qui sont plus grands qu'elle. À cause de son toit tout vert de mousse, du même vert que les prairies tout autour. À cause du canal vert aussi qui coule juste derrière.

J'ai une maman gentille, mais à elle non plus personne ne parle beaucoup. Près de notre vieille maison, il n'y a jamais personne à qui parler d'ailleurs.

Il arrive que ma maman chante en faisant le ménage de notre toute petite maison. Elle chante parce qu'elle aime ça. Elle chantait toujours avant... Maintenant elle continue, sans même se rendre compte qu'elle chante.

J'aime quand elle chante. Mais si je le lui dis, si je lui dis que ça me plaît et que sa chanson est belle, elle s'arrête aussitôt.

Quand je lui fais des compliments, elle me regarde tristement. Elle devient toute rouge, et puis toute blanche. Parfois même, elle met la main sur sa bouche pour empêcher la chanson de jaillir.

Maman continue à ramasser des fleurs des champs. Il y a des champs et des prairies jusqu'à l'entrée de la ville où je vais à l'école. Alors, forcément, il y a beaucoup de fleurs. Elle les met dans un grand verre sur une tablette dans le coin le plus joli de la minuscule maison. Comme avant...

Je dis toujours : « Comme avant ! »

Chapitre 3

Mon papa est parti un matin comme il partait tous les matins, à la même heure, pour aller travailler. Je ne peux pas me souvenir du jour exact. Seulement, cette fois, il n'est pas rentré le soir.

Ce jour-là, maman a été très malheureuse, elle a essayé de m'expliquer pourquoi papa ne rentrerait pas, ni ce jour-là ni le lendemain, mais je me suis bouché les oreilles. C'était tellement compliqué. Et puis les mots qu'elle avait commencé à dire ne me plaisaient pas du tout. Je ne voulais pas les entendre. Alors, elle s'est arrêtée. Et elle a gardé la bouche serrée comme elle le fait le plus souvent.

C'est à partir du jour où mon papa a disparu que plus personne ne m'a parlé et n'a plus joué avec moi. Il me semble. Je crois. Mais je ne suis pas sûre. C'est comme quand je dis : avant. Avant, c'est peut-être la veille du jour où mon papa a disparu... ou avant de vivre dans la vieille et très petite maison. Si les autres ne viennent pas me chercher, je n'ose pas aller vers eux. Peut-être bien que si j'essayais ils voudraient bien de moi. Ils ne me regardent pas méchamment, non, ils ne me regardent pas du tout.

On ne regarde pas les enfants dont les papas ont disparu, je me suis dit. Mais j'ai bien vite compris que je me trompais. J'ai compris parce qu'avec Sonia tout le monde est très gentil. Et plus encore depuis que son papa marin a disparu en mer. On la console, on lui apporte des fleurs. Elle les met devant la photo de son papa puisqu'elle ne peut pas les mettre sur sa tombe qui n'existe pas. On lui donne des jeux pour la faire sourire. Et même on lui tend la main pour l'entraîner dans une ronde. À moi, on ne donne rien, on ne dit rien.

Mon papa n'est pas un marin. Il ne peut pas avoir disparu dans la mer.

Chapitre 4

Quelques jours après la disparition de mon papa, des gendarmes sont venus à la maison, dans notre si petite maison où il y a des fleurs dans un verre, et tout, comme dans les grandes.

Je n'avais jamais vu les gendarmes chez nous.

Je n'arrive pas à me souvenir combien de jours après le départ de papa les gendarmes sont venus. Je dois être encore trop petite pour bien me souvenir.

Je sais que maman tremblait en leur parlant. Je l'entendais dans sa voix qui n'était pas comme d'habitude. Et pas du tout comme lorsqu'elle chante.

Les gendarmes n'étaient pas méchants. Ils posaient des questions doucement sans jamais gronder. Pourtant ils faisaient peur à maman puisqu'elle tremblait.

Moi, ils ne me regardaient même pas. C'est, je crois, à cet instant-là que j'ai commencé à devenir invisible, je crois mais je n'en suis pas sûre.

Quand ils ont soulevé les matelas et chamboulé toute la maison, maman m'a demandé de sortir, d'aller jusqu'au pré pour chercher des fleurs.

J'ai ouvert la porte sans dire au revoir aux gendarmes. Ce n'était pas la peine puisqu'ils ne m'avaient pas vue.

Je suis allée directement dans la prairie si jolie avec ses nouvelles fleurs mauves qui ne poussent qu'à la rentrée des classes. J'en ai ramassé des quantités. Maman m'a expliqué que c'était du poison, tant pis ! Je ne peux pas croire que des fleurs si jolies puissent faire du mal, maman aussi invente souvent des histoires. Ou alors je ne comprends pas tout parce que je suis vraiment très petite encore.

Chapitre 5

Lorsque je suis revenue avec mon gros bouquet de fleurs mauves, les gendarmes étaient partis. Maman n'avait pas eu le temps de remettre de l'ordre. C'était comme si le vent avait soufflé très fort à l'intérieur de la maison. Tous les papiers, toutes les lettres éparpillés par terre faisaient comme un tapis. Ce tapis-là ne plaisait pas à maman, elle se dépêchait de tout ramasser. Et j'ai bien compris qu'elle aurait préféré que je reste encore un peu dehors jusqu'à ne plus laisser une seule fleur mauve dans la prairie. Jusqu'à la nuit peut-être.

En plus je ne savais pas où poser mon bouquet à cause de tout ce grand désordre. J'ai demandé où je devais mettre mes fleurs, maman ne m'a pas répondu. Comme elle ne m'avait pas regardée, j'ai compris qu'elle ne pouvait pas avoir vu les fleurs, elle ne pouvait donc pas répondre.

Parce que pour ma maman ce n'était pas possible que je sois devenue une fille invisible. Ça, ce n'était pas possible.

J'ai pensé que si ma maman avait encore l'air tellement triste alors que les gendarmes qui la faisaient trembler étaient partis, c'était à cause du grand désordre de notre toute petite maison. Elle n'aime pas le désordre, ni la saleté. Il faut que je sois toujours très propre, même le nez et les oreilles. Elle dit que les gens ont horreur des enfants sales. Déjà que personne ne m'aime, ce serait pire si j'étais sale !

Je crois, je n'en suis pas très sûre, que c'est justement après la visite des gendarmes que plus personne ne m'a regardée. Ou alors c'est moi qui ne voulais plus regarder. C'est difficile de savoir.

Chapitre 6

Un matin, après la récréation, la maîtresse nous a commandé de nous taire et de l'écouter très attentivement. Pour la leçon d'instruction civique, elle ne voulait pas entendre le moindre bruit.

Tout le monde a croisé les bras et fermé la bouche. Moi, j'ai fait comme d'habitude : je croise toujours les bras et j'ai toujours la bouche fermée. Là, tous étaient comme moi à cause du ton sérieux de la maîtresse. Si sérieux qu'il ressemblait à une promesse de punition.

Elle s'est raclé la gorge pour que sa voix soit plus claire et s'entende jusqu'au fond de la classe, jusqu'à moi qui suis à la dernière table avant le mur.

La maîtresse a expliqué, en faisant bien attention de parler très lentement comme pour une lecture difficile, que les grands aussi pouvaient se tromper. Et toutes les phrases qu'elle prononçait ressemblaient à celles que j'avais entendues à travers mes oreilles fermées le jour de la disparition de mon papa. Alors, sans savoir pourquoi, j'ai remis mes mains sur mes oreilles et j'ai serré très fort. Cette fois je ne pouvais plus rien entendre. Personne ne pouvait s'en apercevoir à cause de mes cheveux très longs et très bruns qui cachent mes oreilles.

J'ai vu qu'Angèle levait le doigt pour poser une question, mais je ne l'ai pas comprise, ni la réponse.

L'insupportable Jonas a dû dire quelque chose qui n'était pas ce qu'il fallait dire, il fait toujours ça. J'ai vu la maîtresse se tourner vers lui, l'air pas content, et même en colère.

Et puis elle a continué à expliquer. Ça durait tellement longtemps que j'ai essayé de me raconter une histoire comme je le fais pendant la récréation. Ce n'était pas possible, aucune histoire ne voulait venir. Il n'y avait dans ma tête que les premiers mots de maman et les premiers mots de la maîtresse, ceux que j'avais eu le temps d'entendre. Ces mots-là, si compliqués, éclataient dans ma tête.

Un autre bavard, je ne sais plus lequel, a aussi levé le doigt. J'ai resserré mes mains et j'ai senti mes oreilles brûler.

Enfin, la maîtresse s'est arrêtée. Ses lèvres ne bougeaient plus. Et, tout à coup, j'ai vu les élèves, même ceux de devant, tourner la tête vers le fond de la classe où se trouve ma table.

Des yeux de toutes les couleurs m'ont regardée.

Chapitre 7

En rentrant de l'école, j'aurais bien voulu raconter à maman tous ces yeux tournés vers moi. Mais je ne savais pas comment m'y prendre. D'ailleurs, elle était en train de chanter et je ne voulais pas que ça s'arrête parce que j'aime beaucoup quand elle chante.

Je pensais, mais je me trompe souvent quand je pense, je pensais que ça ne lui ferait peut-être pas plaisir que tous ces yeux m'aient regardée. Elle ne pouvait pas savoir que j'étais une fille qui ne jouait jamais avec personne. Une fille que l'on ne regardait que lorsque la maîtresse expliquait des choses difficiles à comprendre. Des choses avec des mots terribles qui disent que les grandes personnes peuvent se tromper. Et que l'on peut les punir pour ça.

Je me suis tue, je me tais presque toujours.

La chanson remplissait la vieille maison toute nettoyée, toute propre, toute jolie avec dans un verre les dernières fleurs mauves de la saison.

Et j'ai recommencé à penser en silence. À force de penser, j'ai compris pourquoi ces yeux de toutes les couleurs s'étaient tournés vers moi ensemble. Je suis encore très petite comme me le répète maman tous les jours, pourtant j'ai compris. S'ils m'avaient tous regardée, c'était bien qu'ils me croyaient capable de faire ces choses terribles que font parfois les grands quand ils se trompent.

Ils étaient fous ces yeux.

Pendant toute la nuit, j'ai rêvé que mille yeux me regardaient avec plein d'étonnement. Et aussi que mille lèvres s'ouvraient et se fermaient trois fois : « On t'aime pas. »

Le lendemain, je ne voulais pas me lever. Moi qui aime tant l'école, je ne voulais pas y aller. À cause des yeux.

Chapitre 8

Il a fallu que j'aille à l'école quand même.

Juste avant d'entrer en classe, je me suis réfugiée comme chaque jour dans un coin de la cour de récréation.

J'ai vu venir Jonas de très loin. Il courait vers moi. J'ai fermé les yeux comme s'il allait me battre, mais il ne m'a pas battue. Il a doucement soulevé mes cheveux pour découvrir mon oreille. Il l'a fait si doucement que j'ai cru qu'il allait me faire un bisou. Mais non, il a soufflé : « Menteuse ! »

Comme dans mon rêve. Presque comme dans mon rêve.

J'ai voulu dire : « Non ! »

J'ai voulu dire : « C'est pas vrai ! »

J'ai voulu dire : « Je mens pas ! »

Il était déjà reparti à l'autre bout de la cour. Je le voyais jouer avec ses copains. Il a beaucoup de copains, Jonas. Il est pourtant insupportable.

Je me suis assise à ma table comme je le fais chaque jour, mais ça me faisait moins plaisir. Il me semblait que j'aimais moins l'école.

Tout de suite la maîtresse a annoncé qu'elle ne parlerait plus des choses graves qu'elle avait expliquées la veille. Elle comptait sur chacun de nous pour se comporter convenablement. Mais, moi, je ne pouvais pas savoir comment on devait faire pour se comporter convenablement. Je n'avais rien entendu de ce qu'elle avait raconté la veille, alors je ne pouvais pas savoir.

Chapitre 9

Le jour le plus joyeux de ma vie a été celui où maman m'a dit que nous devions aller voir papa. Le matin de ce jour-là a été le jour le plus joyeux de ma vie, surtout le matin.

J'étais tellement heureuse que je sautais partout. Je ressemblais aux chiens qui font les intéressants. J'ai tellement sauté que j'ai fini par renverser le magnifique bouquet de feuillage roux posé sur la table. Il n'y a pas beaucoup de place dans notre maison pour sauter. C'est à ce moment-là que j'ai remarqué la tristesse de maman. J'ai d'abord pensé, et à force de penser je me trompe de plus en plus, j'ai d'abord pensé qu'elle était triste à cause du splendide bouquet renversé, mais non.

Ce qui rendait triste ma maman était justement ce qui me rendait heureuse. On aurait dit qu'elle n'avait pas du tout envie d'aller voir papa. Je voulais lui demander pourquoi ? Pourquoi elle n'était pas aussi contente que moi ? Et aussi comment elle l'avait retrouvé ? J'aurais bien voulu lui poser toutes ces questions qui tournaient dans ma tête, mais j'étais trop énervée. Quand je suis trop énervée, je deviens encore moins bavarde. Et puis elle m'avait peut-être déjà donné les explications le jour où je m'étais bouché les oreilles.

On a bien fermé la maison, et on est allées à la gare à pied pour prendre le train.

Papa habitait certainement très loin, mais je n'ai pas demandé où. Ce n'était pas la peine puisque j'allais le savoir.

Le train a roulé longtemps. J'ai regardé le paysage. Tout me paraissait très beau : les fleuves sur lesquels passait le train à toute allure, les vaches dans les prés et même les maisons noires qui bordaient la voie.

Je crois que tout me semblait beau parce que je savais que j'allais voir mon papa. J'avais envie de le dire à maman, de lui dire : « Regarde cette petite rivière, regarde ces moutons dans le pré. » Mais avant même que j'aie eu le temps de dire « regarde », les moutons avaient disparu et aussi la petite rivière. Tout ça parce que le train allait trop vite.

D'ailleurs, ma maman ne voulait pas voir ce qu'il y avait dehors. Elle était bien trop triste.

Chapitre 10

On est descendues du train. Je tenais fort la main de maman. En la pressant dans la mienne, je pensais qu'elle sentirait ma joie de revoir papa, et qu'ainsi elle serait joyeuse aussi. Je regardais son visage pour voir arriver la joie. Mais la joie ne voulait pas venir.

Nous nous sommes approchées d'un grand bâtiment très laid, très gris. C'est alors que maman m'a dit vite et tout bas, entre ses dents : « Voici la prison. »

« Pourquoi ? » j'ai crié.

Maman n'a pas répondu. Il n'y avait rien à expliquer. Cette énorme maison était une prison. Voilà tout. Elle me l'avait dit.

On a passé une grande porte et puis une grille. Maman a montré des papiers. Un monsieur a regardé ce qu'elle avait dans son sac et dans ses poches. Moi, je n'avais pas de sac et pas de poches non plus, alors il ne m'a pas regardée. J'avais l'habitude que l'on ne me voie pas, ça ne m'a pas étonnée.

Après on a marché dans un long couloir gris comme les murs de la prison, exactement de la même laide couleur, et puis on est entrées dans une salle encore bien plus minuscule que notre maison. Elle ressemblait un peu au couloir et aux murs extérieurs, grise aussi.

Je voulais penser à des tas de choses importantes, mais je n'ai pas eu le temps.

Quelqu'un a poussé la porte de la toute petite pièce, et ce quelqu'un était mon papa.

Chapitre 11

J'ai sauté dans ses bras et j'ai niché ma tête dans son cou, là où je peux sentir sa bonne odeur de rasage. Il tenait ma tête appuyée contre lui comme s'il ne voulait pas qu'elle sorte de sa niche. Ça m'était égal qu'il me tienne si fort, et même j'étais mieux quand il serrait ma tête.

Sans me lâcher, il a embrassé maman. J'imaginais que maintenant enfin elle souriait. Ce n'était pas possible qu'elle ne sourie pas alors que nous venions de retrouver papa.

Je pensais très fort à son sourire. Peut-être même allait-elle chanter ? Papa lui demandait toujours de chanter.

Un homme tout habillé de sombre est entré dans notre petite salle. Il a laissé la porte ouverte. Il a dit : « La visite est terminée. »

J'ai relevé la tête. Ni papa ni maman ne souriaient. Moi si, moi, je souriais. L'homme avait laissé la porte grande ouverte pour que nous partions plus vite. Alors je souriais. L'homme paraissait sévère, presque autant que ma maîtresse lorsqu'elle gronde Jonas. J'ai regardé papa et maman qui avaient l'air bien tristes.

J'ai pensé : « Cet homme sombre ne veut pas que l'on sourie. » C'est bête de ne jamais savoir ce que se disent les gens dans leur tête.

Papa m'a répété qu'il m'aimait. Je le savais bien. Et puis il a dit une chose amusante, il m'a demandé pardon, comme si moi, qui suis si petite, pouvais pardonner.

Chapitre 12

Je n'ai pas compris pourquoi mon papa a quitté la salle minuscule avant nous. Je n'ai pas compris pourquoi il ne venait pas avec nous. Je n'ai rien demandé. Je ne demande jamais rien. C'est peut-être pour ça que je n'arrive pas à comprendre aussi vite que les autres.

En revenant vers la gare, maman a dit un tas de paroles très vite. Elle parlait, parlait tellement que j'entendais à peine. Pour une personne qui est encore moins bavarde que moi ! Plus j'essayais de suivre, moins je comprenais. Il y avait trop de mots.

Elle a raison, je suis trop petite pour tout comprendre.

Je sais que mon papa a fait quelque chose qu'il ne fallait pas faire. Mais je ne sais pas quoi. Quelque chose comme une énorme bêtise. Les bêtises des grandes personnes sont plus grosses que celles des enfants. C'est bien normal. Lorsqu'une grande personne fait une chose interdite, on la met en prison. Voilà ce que j'ai compris. Voilà pourquoi la maîtresse a expliqué que les grands se trompent aussi. Et si je n'avais pas fermé mes oreilles, j'aurais peut-être compris, mais je n'en suis pas sûre. Maintenant c'était trop tard.

J'ai entendu qu'il allait rester en prison longtemps. Longtemps on ne peut pas savoir ce que c'est. Je ne sais pas s'il faut compter les jours, les heures ou les mois. J'ai pensé : peut-être des années ! Je ne l'ai pas dit parce que le plus souvent c'est n'importe quoi, lorsque je pense.

On a revu les petites rivières, les moutons et les prairies. Je me suis dit que j'avais encore une fois rêvé, ils n'étaient pas aussi beaux que je le croyais. Maman avait bien raison de ne rien regarder.

Assise au fond de la banquette, j'ai contemplé mes mains d'un côté et de l'autre. Et puis, à toute vitesse, j'ai compté mes doigts à l'envers et à l'endroit. C'est plus difficile à l'envers : 10, 9, 8...

Chapitre 13

Maintenant que je savais que mon papa était en prison, je n'avais plus besoin que l'on m'explique. Je me suis dit : les gens n'aiment pas le désordre, ni la saleté. Ils n'aiment pas non plus les prisons, ni les prisonniers. Et encore moins les enfants des prisonniers.

Si j'avais été très sale, je n'aurais pas osé m'approcher des autres enfants. Et surtout pas de la maîtresse. Les enfants sentent parfois mauvais, mais la maîtresse, jamais. Si j'avais été très sale, c'est sûr que je n'aurais pas osé m'approcher. Ils auraient pu alors crier : « Va-t'en, tu es trop sale ! »

J'étais bien propre, bien lavée, même les oreilles. Seulement, voilà, mon papa dormait dans une prison ! Les autres enfants et la maîtresse aussi le savaient. Peut-être l'avaient-ils vu à la télévision ? On explique plein de choses à la télévision : les accidents, les incendies, les mariages des princesses... Dans ma vieille maison il n'y avait pas de télévision. Il n'y en avait jamais eu.

À cause de mon papa en prison, je ne pourrais peut-être plus jamais jouer avec personne, parler avec personne, rire avec personne.

J'ai demandé à maman si j'avais toujours le droit d'aller à l'école. Elle m'a souri. Ça n'arrive pas souvent. Là, elle m'a souri avant de dire oui, et j'ai été bien contente. J'aime toujours l'école même si je l'aime moins qu'avant.

Ce que je préfère à l'école, c'est la lecture. La lecture, je trouve ça bien depuis que je sais lire. J'aime aussi les rédactions pour inventer des histoires.

Quand elle rend les rédactions, la maîtresse s'approche de moi. Je me ratatine alors sur ma chaise. Parfois j'aime être invisible, parfois non. C'est compliqué.

J'ai toujours un peu peur qu'elle fasse les gros yeux, j'ai peur qu'elle trouve stupide ce que j'invente.

Parfois elle dit : « C'est rocambolesque mais intéressant. » Je n'ose pas demander ce que signifie rocambolesque. Ça ne doit pas vouloir dire raté puisque j'ai presque toujours une bonne note. Je n'ai de bonnes notes qu'en rédaction et en lecture.

Au bout d'un moment très très long, il a desserré ses doigts. J'aurais pu relever ma tête, j'ai préféré la laisser contre son cou. Avec mon papa, je fais toujours ce que je préfère.

Papa a parlé tout bas. Je ne comprenais pas bien ce qu'il disait. Il employait des mots trop compliqués, toujours ces mots compliqués qui se ressemblaient. Ça ne m'intéressait pas. Ce que je voulais, c'est qu'ils soient avec moi tous les deux comme avant.

J'ai pensé : comme avant...

À l'école j'irai jouer avec les autres enfants. Même Jonas, l'insupportable Jonas ne s'amuserait plus à me traiter de menteuse. Angèle qui sait tout m'enseignerait les devoirs de calcul que je ne savais pas faire. Ça m'arrive tout le temps de ne pas savoir faire le calcul. On allait m'aimer autant que Sonia. On m'aimerait comme si mon papa avait disparu en mer.

J'allais demander si l'on pouvait partir tous les trois. Partir pour retrouver notre maison. Papa serait content, il aime bien les bouquets de fleurs séchées. Il demanderait à maman de chanter. Ce serait tout à fait comme avant.

Je n'ai pas eu le temps.

Chapitre 14

« Racontez votre vie ou la vie d'un être que vous aimez. » D'abord ça m'a paru idiot comme sujet. Et puis à force de réfléchir, de me creuser la tête, le sujet de la rédaction m'a plu.

J'allais enfin pouvoir dire toutes ces choses de ma vie que je n'avais jamais dites à personne.

On devait faire ce devoir à la maison. Je me suis installée confortablement sur la table pendant que maman préparait notre repas.

« Je m'appelle Léonore, mes cheveux sont longs et noirs et mes yeux... » C'était nul. Archinul ! Je n'avais rien à raconter sur moi.

Rien de rien. Tout le monde s'en moque que j'aie des cheveux noirs ! Et en plus tout le monde le sait. La maîtresse connaît mon nom par cœur puisqu'elle le note tous les jours sur son grand registre.

J'aurais pu raconter que je vivais dans une très vieille maison au milieu des prairies qui s'étendent jusqu'à l'entrée de la ville. J'aurais pu décrire le canal tout proche avec ses arbres feuillus qui se reflètent dedans. Mais je ne voulais pas parler de ma maison. Ça non ! Elle est trop vieille.

Je ne comprends pas pourquoi j'ai honte de dire que j'habite dans une vieille maison. Elle est pourtant jolie. Bien décorée surtout. Même bien décorée, ce n'est pas une vraie grande maison normale, ni un appartement comme ceux des autres élèves. J'ai honte, c'est tout.

Enfin, j'ai eu une idée formidable. Elle m'a paru d'abord formidable. J'ai écrit très vite : « J'habite dans un très grand immeuble, je m'appelle Fraise Desbois... » J'aime tellement les fraises sauvages ! Mais ce n'était pas une assez bonne raison. Même lorsque j'invente, ce n'est pas toujours réussi.

Alors j'ai tout raturé, plein de gribouillages sur mon cahier. Je ne fais jamais de brouillon quand j'écris une rédaction. Cette fois j'aurais dû. J'allais drôlement me faire sonner les cloches.

Chapitre 15

J'ai fermé mon cahier tout raturé d'un coup sec. Maman s'est retournée et m'a fixée dans les yeux. Elle n'a pas fait un mouvement, pas ouvert la bouche. Maman se tait quand les choses vont mal.

Elle est revenue à ses légumes qu'elle était en train d'éplucher. Je n'allais pas me régaler. Elle grattait des navets. C'est horrible les navets. Je déteste ça. J'ai fait la grimace. Je sais très bien faire d'affreuses grimaces quand personne ne me regarde.

Faire des grimaces m'a pris un peu de temps. Je me regardais dans la glace qui est juste à côté de la table. Je ne me reconnais pas quand je fais des grimaces. Peut-être que si j'en faisais toujours, personne ne me reconnaîtrait ! Ce serait comme si j'étais invisible.

Il fallait pourtant bien que j'ouvre à nouveau mon cahier. On devait rendre la rédaction le lendemain matin.

J'ai regardé le plafond où une minuscule araignée se promenait. Je me suis juré que lorsqu'elle arriverait juste au-dessus de ma table, je commencerais à écrire.

C'était une araignée qui se promenait. On voyait bien qu'elle n'avait rien d'autre à faire. Celle-là était vraiment amusante. Elle s'arrêtait brusquement, et puis repartait. Et alors que je croyais qu'elle allait à gauche, elle tournait vers la droite. De cette façon, elle n'arriverait jamais au-dessus de moi. Et ma rédaction ne serait jamais finie, ni commencée.

Ça a duré longtemps. Heureusement il faut beaucoup de minutes pour que cuisent les navets !

Enfin elle s'est décidée, elle a foncé. Et sans doute pour me montrer qu'elle savait très bien ce que j'attendais, elle a pris le chemin le plus court. Elle est descendue jusqu'à l'ampoule qui éclaire la table. Elle s'est dépêchée de tisser un fil, et s'est laissée tomber en plein milieu de la page de mon cahier. Sûr, c'était une araignée sorcière.

Chapitre 16

Cette araignée était plus futée que moi. Et ça m'ennuyait beaucoup qu'une bestiole si petite soit plus rusée que moi.

Il fallait que j'invente quelque chose d'extraordinaire. Quelque chose de plus extraordinaire que ce qu'elle venait de faire. Je n'avais plus le temps de trop réfléchir à cause des navets qui seraient bientôt cuits.

Une idée est venue dans ma tête. Mais pour cette idée-là, il fallait un si grand courage ! Un courage bien plus énorme que pour raconter la petite maison si vieille. En plus, d'habitude, je ne suis pas une fille trop courageuse.

Comme je n'avais que cette idée-là et pas le plus petit mot d'une autre, je n'ai plus hésité.

J'ai tiré un grand trait sous les barbouillages. J'ai tourné la page pour qu'elle soit bien propre. Ce que j'allais raconter dans ma rédaction pour l'école était une chose très importante.

Il fallait que ce soit rocambolesque mais parfait. C'était obligatoire que j'aie la meilleure note. Si je pouvais obtenir la meilleure note, la maîtresse serait obligée de lire à haute voix mon devoir devant toute la classe. Devant Angèle qui sait tout. Devant l'insupportable Jonas. Devant Sonia, Lucile, Karim, Marie... Devant toute la classe ébahie.

J'ai saisi mon stylo. Je me suis cramponnée à lui. Comme s'il pouvait me conduire.

J'ai appuyé très fort sur la page blanche. J'ai même failli faire un trou. Je ne sais pas pourquoi ma main tremblait. Et c'est pour l'empêcher de trembler que j'appuyais fort.

« Mon papa...

Chapitre 17

Je n'avais jamais fait une rédaction aussi longue. Je ne l'ai même pas relue. J'avais peur en la relisant de tout barrer encore. Et si je faisais ça, tout griffonner, ce ne serait plus jamais la peine de me croire courageuse.

Les navets étaient cuits, et maman m'avait fait signe de débarrasser la table et de mettre le couvert.

On a mangé en silence. Comme toujours. Comme toujours depuis avant... Je n'ai pas senti le goût infect des navets à cause de mes pensées qui brouillaient ma tête et aussi ma bouche.

Peut-être bien que la maîtresse trouverait cette rédaction tellement nulle qu'elle lui mettrait la plus basse note. Et pourquoi pas un zéro ? Alors tout serait à recommencer. Seule la maîtresse connaîtrait toutes les idées qui trottaient dans mon crâne. Les élèves, eux, ne sauraient rien et ils continueraient à me croire invisible.

J'aurais pu la montrer à ma maman, bien sûr j'aurais pu, elle aime bien lire mes rédactions. J'aurais pu mais je ne l'ai pas fait. J'avais bien trop peur qu'elle hurle en lisant ce que j'avais écrit. Pourtant, maman ne se met jamais en colère.

Je craignais surtout qu'elle dise : « Ce n'est pas ça, ce n'est pas comme ça qu'il faut expliquer les choses, tu te trompes, tu es si petite encore ! »

Chapitre 18

Le lendemain, j'ai glissé mon cahier au milieu des autres. Personne ne m'a vue faire.

La journée a débuté comme toutes les journées d'école. Moi, au fond de la classe avec la chaise vide à côté de la mienne.

Jonas dès la première minute a fait l'idiot et il s'est fait attraper comme d'habitude.

Angèle se tenait raide à la première table sous le nez de la maîtresse. On sentait bien qu'elle était déjà prête à répondre à la première question posée.

Je n'étais pas la seule à penser à mon père. Sonia, les yeux fixés sur la fenêtre, rêvait. Le vent, en rafales, poussait la pluie sur les vitres en faisant un bruit de tempête. Un sale temps pour les marins. C'est à cause de la pluie et du vent que Sonia fixait la fenêtre avec cet air apeuré qu'elle a souvent.

Il pleut toujours dans cette méchante ville où personne ne m'aime. Presque toujours.

À la récréation, on est restés sous le préau. Même là, le vent venait nous secouer. La récréation n'a pas duré longtemps. Tant mieux, je n'aime pas du tout les récréations.

En passant devant le bureau de la maîtresse, j'ai bien vu mon cahier entre les autres. Je le reconnais parce que c'est le seul qui est corné. Il est corné parce que je l'ouvre souvent pour relire mes rédactions qui sont comme des petites histoires. La maîtresse le préférerait mieux tenu. Je ne sais pas comment faire pour qu'il redevienne plat.

Je n'ai pas tremblé de la journée. Je savais que les rédactions corrigées ne nous seraient rendues que le lendemain. Ça ne servait à rien de trembler si tôt à l'avance.

Chapitre 19

Maman prétend que j'ai bien dormi, mais ce n'est pas vrai. Je crois même que je n'ai pas dormi de la nuit. La veille, à l'école, je n'avais pas tremblé. Pendant toute la nuit j'ai tremblé. Maman ne le sait pas. Comment pourrait-elle le savoir ? On ne peut pas voir une petite fille trembler sous deux épaisses couvertures !

Et puis, à cause du vent, notre maison si vieille était secouée comme par des tremblements.

Même si je ne suis pas une fille très courageuse, je n'ai jamais peur du noir, ni de la pluie, ni de l'orage. Mon papa m'a appris à regarder les tempêtes. Il ne veut pas que je mette ma tête sous un oreiller quand le tonnerre gronde. Il dit que ce sont les froussards qui font ça. Il ne veut pas que sa fille soit une froussarde.

Si j'ai tremblé, c'est parce que je n'arrêtais pas de penser qu'une fois la nuit passée il faudrait revenir à l'école. Les rédactions seraient corrigées. Toutes les rédactions. La mienne aussi.

Plus les heures avançaient, plus je regrettais d'avoir écrit tous ces mots à la suite. Je ne me souvenais plus exactement de ce que disaient ces mots. Je les avais écrits trop vite. Et pas de brouillon à pouvoir relire.

Au petit déjeuner, j'ai failli en parler à maman. Mais maman était pressée. Elle devait partir travailler chez une très vieille dame qui ne peut plus faire le ménage et la cuisine toute seule. Justement parce qu'elle est très vieille.

Chapitre 20

Le vent avait chassé tous les nuages. On ne reconnaissait pas cette méchante ville sous le ciel bleu. Un pigeon roucoulait tout seul sur le bord du trottoir. Il devait être un peu fou. Ça arrive aussi aux animaux d'être fous. Je n'aime pas trop les pigeons. J'aime mieux les pigeons fous. Je me suis arrêtée pour l'écouter. L'école n'était pas loin et j'étais en avance.

Et puis je n'étais pas pressée, pas pressée du tout.

Je suis allée dans mon coin de cour préféré. Juste sous le platane. Il n'a plus une seule feuille. Et on lui a même coupé les branches. Maintenant il ressemble à un très grand cornet à glace, mais sans la glace. Il est laid. Ça ne fait rien, je suis mieux près de lui qu'ailleurs.

Sonia s'amusait avec une balle, elle la faisait rebondir de plus en plus haut. Plusieurs élèves se sont approchés d'elle pour jouer. Elle les a repoussés. J'ai pensé qu'elle devait en avoir marre d'être sans arrêt chouchoutée.

À un moment, elle n'a pas su rattraper sa balle qui a roulé jusqu'à moi. Presque entre mes pieds. Je n'ai pas bougé. Sonia venait de repousser tous ses copains, elle ne voudrait certainement pas de moi pour ramasser sa balle.

Sans me regarder, elle s'est baissée, a pris sa balle et elle est repartie au milieu de la cour.

Pendant tout le temps où elle a ramassé sa balle qui était entre mes pieds, mon cœur a battu plus fort. Je ne sais vraiment pas pourquoi. Je dois avoir un cœur fou. Comme le pigeon !

Chapitre 21

On est entrés en classe. Il fallait bien que ça arrive.

J'ai tout de suite vu les cahiers posés à la même place. Mon cahier corné était le dernier, sous tous les autres. Tant mieux, ça aplatirait la corne.

Tout le monde s'est assis, sauf la maîtresse. Elle a dit tout de suite qu'elle allait nous rendre les rédactions. On le savait, alors personne n'a eu rien à répondre. D'ailleurs ce n'était pas une question.

Jonas avait décrit son chien. Il avait le droit. Dans le sujet de la rédaction on parlait d'un être, pas obligatoirement d'un être humain, alors il avait le droit. La maîtresse n'avait pas dû trop aimer ce chien-là, parce qu'elle lui a mis un 4/10. Ou peut être qu'elle avait peur des chiens tout simplement. Ou qu'il y avait trop de fautes d'orthographe ! Ou qu'elle en avait marre de cet insupportable Jonas.

Sonia avait choisi sa maman. Elle a eu une bonne note. Mais pas une très bonne parce qu'elle n'est pas très forte en rédaction, Sonia.

Angèle a voulu raconter sa vie. La maîtresse a froncé les sourcils en lui rendant son cahier avec un 5/10. Elle lui a dit qu'elle était vraiment un peu trop prétentieuse.

La pile de cahiers baissait. Le mien était toujours dessous. Plus le tas devenait léger, plus la corne de mon cahier rebiquait. Je l'aurais reconnu depuis le fond de la cour.

Karim avait parlé de son grand-père. Son vrai grand-père qui habite dans le désert très loin, au-delà de la Méditerranée. Un immense désert où le sable est blanc et aussi doux que la neige. Il a eu une excellente note. La maîtresse a trouvé qu'il avait employé de jolies expressions, très poétiques, et qu'il y avait de bons sentiments. J'ai bien cru qu'elle allait nous lire à haute voix sa rédaction. Mais non, ce n'était pas celle-là qu'elle avait choisie.

Chapitre 22

« Noémie, tu ne t'es pas trop fatiguée, dis-moi ! Cinq lignes pour décrire ta meilleure amie, elle ne t'inspire pas beaucoup ! »

Noémie a baissé la tête en marmonnant qu'Estelle n'était plus sa meilleure amie. J'ai trouvé que ce n'était pas étonnant alors qu'elle ait une mauvaise note. Ce n'est pas intéressant de faire la description d'une fille que l'on n'aime plus du tout.

Maintenant, sur le bureau, il ne restait que mon cahier. Un cahier bleu et corné.

Le ciel était sans un nuage. Il n'y avait pas de vent pour faire trembler les murs de la classe. C'était comme si tout le vent de la veille était venu se réfugier dans mon cœur. Ce vent de la veille s'était enfermé contre mon cœur pour le secouer. Je tremblais comme les feuilles du platane avant qu'il ait les branches coupées.

J'avais accroché mes mains au bord de ma table. Personne ne pouvait les voir : la chaise à côté de la mienne est toujours vide.

Au lieu de venir poser mon cahier devant moi, la maîtresse s'est assise derrière son bureau.

Trop occupés par leurs notes, les autres élèves n'avaient pas remarqué qu'il restait encore un cahier. Ou alors mon cahier était devenu invisible, comme moi.

Je commençais à croire que la maîtresse avait oublié de lire ma rédaction. Ça peut arriver aux maîtres qui ont beaucoup de devoirs à corriger. Pourtant, ça n'arrive jamais à notre maîtresse.

Mon cœur redevenait tranquille lorsqu'elle a dit sans même toucher à mon cahier.

« Tu as 10/10, Léonore. »

Toute la classe a fait : « Oh ! » Et mille yeux de toutes les couleurs se sont tournés vers moi.

Chapitre 23

Après avoir dit ma note, la maîtresse a tendu le bras pour attraper mon cahier. Elle l'a d'abord lissé. Mais la corne était bien trop rebelle pour se laisser faire. Et puis elle l'a ouvert à la bonne page, a levé les yeux vers moi, et m'a demandé :

« Me permets-tu, Léonore, de lire tout haut ta belle rédaction ? »

J'ai hoché la tête pour dire oui, j'ai même ouvert la bouche mais je tremblais tellement que le mot n'a pas voulu sortir. Ce n'était pas grave, la maîtresse avait compris que je voulais bien. Alors elle a dit :

« Écoutez, tous ! »

Les élèves se sont retournés. La classe tout entière était silencieuse.

Seul mon cœur faisait du raffut.

« Mon papa a disparu un jour. Peut-être bien que tout le monde savait qu'il était en prison, mais moi je ne le savais pas. Je n'avais pas compris. Je ne pouvais pas entendre ce que m'expliquait ma maman parce que j'avais mis les mains sur mes oreilles. Je fais toujours ça quand je ne veux pas entendre. Même à l'école je mets les mains sur mes oreilles. Personne ne peut le savoir à cause des cheveux. Mon papa est en prison. Maintenant je le sais. Ce n'est pas parce qu'il est méchant. Oh, non ! Pourtant il est en prison. Il s'est trompé, les grandes personnes se trompent parfois. Elles font des choses qu'il est interdit de faire, alors, pour les punir, on les met en prison. C'est pour qu'elles ne recommencent plus jamais.

Moi, je voudrais être avec mon papa. Je devrais être comme lui, en prison. Ce serait plus juste. Ce serait plus normal. Je crois que les gens n'aiment ni les prisonniers ni les enfants de prisonniers. Ce serait bien alors qu'ils restent ensemble.

Ma maman qui chantait toujours ne chante presque plus.

Dans très longtemps, quand mon papa sortira de sa prison sombre, maman chantera. Elle chantera pour lui. Rien que pour lui. Il aime tant qu'elle chante. Et puis, peut-être, peut-être, les autres m'aimeront quand mon papa ne sera plus en prison. »

Chapitre 24

J'étais bien décidée cette fois à tout raconter à maman. Et puis j'avais eu un 10/10. Ça n'arrivait jamais à personne. Elle allait être très très contente. Forcé.

J'ai commencé par les mots les plus simples. Maman n'est pas bavarde, moi non plus. C'est parce que l'on ne sait pas. Faire des phrases qui n'en finissent pas, on ne sait pas. Ni maman, ni moi.

J'ai dit : « Pourquoi il est en prison, papa ? »

Maman n'a pas levé la tête pour répondre. Elle regardait ce qu'il y avait dans son assiette. Comme son assiette était vide, elle ne regardait rien.

Je me demandais si elle avait entendu. Alors j'ai redit les mêmes mots. Ce n'était pas la peine de changer. Déjà qu'elle n'avait pas répondu à ceux-là !

« Pourquoi il est en prison, papa ? »

« Tu es trop petite. Tu ne peux pas bien comprendre. »

Alors, je me suis mise à crier :

« Non, ce n'est pas vrai ! »

Maman m'a regardée comme si elle ne me reconnaissait plus. J'ai continué mais sans crier cette fois :

« Tu dis que je suis trop petite mais ce n'est pas vrai ! Moi, je le croyais aussi, mais ce n'est pas vrai ! Maintenant, je sais que je peux comprendre ! »

Maman me regardait toujours sans prononcer un mot, j'en ai profité pour dire tout ce qui passait dans ma tête.

« Il n'a pas fait exprès ! » J'étais sûre que mon papa ne pouvait pas avoir fait exprès de se tromper.

Ses yeux sont devenus plus grands encore. On aurait dit qu'elle ne comprenait rien à ce que je racontais. Tant pis ! Ça lui arrive souvent à elle aussi de ne pas me comprendre. Ou alors j'explique mal. Ou alors elle dit que je suis trop petite. Maintenant elle ne pourrait plus le dire. Plus jamais.

Chapitre 25

Le lendemain n'était pas un jour de classe. J'aurais bien voulu prendre le train, aller revoir papa. Maman a dit non sans donner d'explications. Elle ne donne pas souvent d'explications.

Je n'ai pas supplié. Je ne supplie jamais.

Alors j'ai décidé d'écrire à papa. Je me suis installée, comme pour la rédaction, sous la lampe, dans le coin le plus joli de la petite maison. Il n'y avait pas d'araignée, ni de fil d'araignée. J'ai enlevé une page à mon cahier de brouillon. Et j'ai essayé de commencer ma lettre. Mais rien ne venait. C'était très agaçant. Pour une fille qui avait eu un 10/10 en rédaction ce n'était pas normal. Quand les choses ne sont pas normales, elles sont agaçantes.

« Mon papa...

Et c'est là que l'idée est venue toute seule : j'allais recopier mon devoir. Recopier ma rédaction tout simplement.

J'ai mis un grand bout de temps. C'est long de recopier. C'est pour ça que je ne fais jamais de brouillon.

Maman ne m'a pas demandé ce que j'écrivais. Elle étendait le linge sur la corde qui est accrochée entre deux arbres.

Elle entrait pour chercher le linge lavé, et puis elle ressortait. Et entrait à nouveau.

Chaque fois qu'elle ouvrait la porte, j'avais froid aux jambes. C'est à cause de ça que je comprenais qu'elle entrait et sortait. Parce que je ne levais pas la tête pour voir ses allées et venues. J'étais bien trop occupée.

Quand j'ai eu terminé, j'ai mis la lettre dans une enveloppe. Et je l'ai fermée.

Maman avait fini d'étendre le linge. Elle s'est assise sur le tabouret. J'en ai profité pour lui montrer mon cahier ouvert à la page de la rédaction.

Elle a lu. Une larme a coulé jusqu'à son menton. Ensuite je ne sais pas où elle est tombée.

J'ai pensé que cette larme c'était à cause du 10/10. Ça lui faisait trop d'émotion.

Chapitre 26

Lorsqu'il a fallu repartir à l'école, j'ai dit que j'avais mal au ventre. C'était tout à fait vrai en plus.

Maman sait deviner les choses. Elle a compris très vite que je n'avais pas trop mal. C'était vrai aussi.

Et puis elle devait aller travailler. Elle ne veut pas que je reste seule dans la maison.

Quand papa était là, juste avant de disparaître pour aller en prison, il voulait que j'apprenne à me débrouiller. Parfois il me laissait seule. Il disait qu'il ne faut pas avoir peur. Il disait : « La peur, c'est bon pour les animaux. » Quelquefois on bat les animaux, c'est pour ça qu'ils ont peur. Mais une petite fille qui n'est pas battue ne doit pas avoir peur.

Mon papa n'a jamais peur de rien. Alors, moi non plus. Ni du noir, ni des chiens, ni de l'orage, ni seule dans une maison vide. Ces choses-là ne me font pas peur du tout.

Je suis partie à l'école en traînant les pieds. Maman m'a tirée jusque devant le portail. Je faisais la tête, mais ça ne sert à rien de faire la tête. Maman ne s'en aperçoit jamais. Ou elle s'en moque. Ou elle pense à autre chose.

Et mon cœur qui se remettait à faire du bruit ! C'était peut-être ça la vraie peur. J'avais peur et je ne savais pas de quoi. Mon papa aurait bien ri. Il n'y avait même pas de chiens méchants, ni le noir, ni l'orage. Pourtant si mon cœur faisait ce bruit de tambour, c'était bien que j'avais peur. Peut-être.

Heureusement, à cause du travail de maman, j'arrive toujours la première. Je suis presque seule dans la cour, le matin. Quand il serait fatigué, mon cœur arrêterait son tintamarre.

Chapitre 27

Cette fois, Sonia a fait rouler sa balle jusqu'à moi, exprès. Elle a atterri entre mes deux pieds. Pile. Elle savait drôlement bien viser, Sonia.

Elle est venue doucement, sans se presser. Elle a ramassé sa balle. Et puis elle m'a regardée. Sans rien dire d'abord.

Moi, j'ai regardé ailleurs. Depuis que mon papa est en prison, je n'aime pas que l'on me regarde trop. Je n'aime pas que l'on me regarde du tout.

« Tu as de la chance, toi ! » elle a dit enfin.

J'ai levé les yeux juste un instant. Pour voir si elle se moquait de moi. Même si elle se moquait de moi, ça ne changerait rien. Je ne sais jamais répondre quand on se moque de moi.

Mais Sonia avait l'air tout à fait normale. Pas du tout comme une fille qui dit des choses méchantes.

Comme elle a vu que je ne répondais pas, elle a continué. Elle a redit trois fois la même chose. Moi, quand on ne me répond pas, je me tais. Sauf avec maman, et encore ! Depuis que mon papa n'est plus là, je me tais souvent.

Elle a continué la même phrase : « Tu as de la chance que ton père soit en prison. » Et deux secondes après : « Tu as de la chance que ton père soit en prison, tu peux le voir au moins. Le mien, je ne pourrai jamais plus le voir. »

« Je l'ai vu », j'ai dit.

Chapitre 28

Et puis Jonas est venu aussi. Il a fait semblant de chiper la balle de Sonia. Il est comme ça Jonas. Insupportable. Toujours. Avec tout le monde. Mais Sonia ne s'est pas laissé faire. Elle sait se défendre. Moi, je n'aurais pas su, j'aurais donné ma balle à Jonas. En plus je n'ai jamais eu de balle.

« Sors de là ! » a grondé Jonas en regardant Sonia. Et là, elle lui a obéi. Elle est partie avec sa balle jouer dans un autre coin de la cour.

Jonas s'est approché de moi. Tout près. Il allait sans doute me redire « menteuse ! » comme l'autre fois.

J'ai fermé les yeux. Il est tellement grand, tellement fort. Quand il se bat avec les autres garçons, même les plus grands, c'est lui qui gagne.

« Tu crois que c'est parce que tu es la fille d'un prisonnier que je ne te parle pas ? »

J'ai soufflé « oui » sans ouvrir la bouche. Mais il a de bonnes oreilles, et grandes aussi. C'est parce qu'elles sont très grandes qu'il entend mieux que personne.

« Eh bien tu as tout faux ! »

Je voulais lui dire que je me trompais souvent. Que ce n'était pas la première fois. Mais je n'ai pas osé. Il est très impressionnant Jonas.

« Moi, si je ne joue jamais avec toi, c'est parce que tu es trop nunuche ! »

Il avait bien raison. J'étais la pire des nunuches.

« Si tu veux, mercredi je viens jouer chez toi. »

Alors là, je me suis affolée. J'ai bafouillé quelque chose comme : « C'est pas possible à cause du canal. »

Mais les grandes oreilles de Jonas qui entendent tout avaient bien entendu.

« Le canal ! Chouette ! »

Chapitre 29

Marie a vu que je n'avais pas de stylo rouge. Elle l'a vu en se retournant. Elle est juste à la table devant la mienne. Sans me sourire, elle m'a passé le sien. D'abord, je ne voulais pas le prendre. C'était seulement pour tirer un trait. Même pour ça je ne voulais pas le prendre. Marie m'a fait un signe de la tête qui voulait dire : « Vas-y. » Mon papa faisait pareil lorsqu'il m'apprenait à sauter d'un arbre. Un signe de tête pour dire : « Vas-y. »

La maîtresse m'a donné un cahier de rédaction tout neuf. À cause des ratures, j'ai pensé. Mais ce n'est pas ce qu'elle m'a dit. Elle m'a expliqué qu'il ne fallait pas risquer d'égarer l'autre. Je l'ai regardée avec mon air stupide de celle qui ne comprend pas. « Il ne faut pas perdre une si belle rédaction », voilà ce qu'elle a ajouté.

À la récréation, je suis restée seule comme les autres jours. Mais je ne m'ennuyais pas. J'avais plein d'histoires à me raconter : je revoyais le beau stylo rouge de Marie que j'avais tenu dans ma main le temps de tirer un trait. Je me répétais ce qu'avait dit la maîtresse. Ce qu'avait dit Sonia aussi. Et ça c'était le plus beau de tout. Mon papa je pourrais le voir. Même s'il était en prison, je pourrais le voir !

Il y avait pourtant une histoire moins jolie que les autres. Chaque fois que je pensais à cette chose-là je me sentais inquiète. Jonas voulait venir dans ma maison. Et moi, je ne voulais pas. J'avais honte. Alors je chassais vite cette pensée. Et je revoyais le signe de tête de Marie qui me rappelait tant mon papa.

J'étais toujours la dernière de la file pour entrer en classe. Quand je suis passée devant elle, ma maîtresse a posé sa main sur mes cheveux. Oh, très vite ! Mais c'était comme une caresse.

Chapitre 30

Quand le mardi soir est arrivé, Jonas m'a demandé mon adresse. Il a bien fallu que je la lui donne.

« Le long du canal », j'ai expliqué.

« Tu te fiches de moi ! C'est où le long du canal ? »

J'ai fermé les yeux à cause de sa grosse voix. Jonas a une voix qui fait fermer les yeux. Et là, il parlait tout près de mon oreille. Il ne voulait pas que les autres entendent. Il disait que si les autres entendaient ils voudraient tous venir chez moi au bord du canal. Mais ça, je ne crois pas. Il lui arrive d'exagérer à Jonas.

J'ai essayé de décrire l'endroit : après les champs, il y a un petit bois. On peut passer entre les arbres, dans un sentier très étroit. C'est plus court par là. Au fond il y a le canal.

« Tu habites dans une péniche ? » il a demandé. Et ses yeux brillaient. Bien sûr il aurait préféré que j'habite dans une péniche. Moi aussi.

J'aurais voulu lui décrire ma maison pour qu'il ne soit pas déçu, lui dire qu'elle était très petite et très vieille. Je n'ai pas su.

Si j'avais habité une vraie maison ou un grand immeuble, ce mercredi-là aurait été magnifique. Un copain de l'école allait venir jouer avec moi ! Chez moi ! Je pourrais dire que j'avais un vrai copain. À cause de ma si vieille et si petite maison, ça ne me faisait pas tout à fait plaisir.

Chapitre 31

Je n'ai réussi à avertir maman que le mercredi.

« Jonas va venir », j'ai dit.

Maman m'a regardée comme si, encore une fois, elle ne comprenait rien à ce que je racontais. Pour qu'elle ne soit pas étonnée en le voyant, j'ai ajouté : « L'insupportable Jonas va venir ici. »

Elle a souri. Ça ne lui arrive presque jamais. Elle trouvait que c'était bien puisqu'elle souriait. Mais elle n'a rien dit. Elle est de moins en moins bavarde.

Pour que la maison soit bien propre, maman a lavé le carrelage qui est, lui aussi, très vieux. Ensuite, elle a allumé un feu de bois dans la cheminée. Toute la pièce est devenue orange. Même lavée, même éclairée par le feu, la petite maison était toujours aussi vieille.

Quand elle a eu fini, maman a préparé une pâte à crêpes. Et puis on a attendu.

Mon cœur recommençait à faire le fou. J'ai pensé très fort : « Ça suffit ! » Et peu à peu, il s'est calmé.

J'ai très vite entendu que l'on frappait les buissons à l'aide d'un bâton. Ça ressemblait bien à Jonas de faire un si grand tapage.

Au lieu d'aller à sa rencontre, je l'ai laissé venir.

Je m'étais assise sur la deuxième marche devant la maison. Je le regardais. Autour de moi il y avait les arbres, et derrière moi le canal d'eau verte.

Jonas s'est arrêté en plein milieu de la clairière.

« C'est super ici ! » il a crié.

La tourterelle qui niche sur le chêne s'est envolée. Et aussi quelques moineaux.

Chapitre 32

J'ai entraîné Jonas vers le canal. Il vaut mieux faire très attention de ne pas tomber dedans. Je l'ai dit. Il m'a regardée en haussant les épaules. Je suis bête parfois. Bien sûr qu'il n'allait pas se noyer ! Il est bien plus dégourdi que moi, Jonas.

Il a jeté des feuilles sèches dans l'eau et les a fait avancer à l'aide de son bâton. Ce n'était pas un jeu très intelligent, il m'a semblé.

Et tout à coup, il a murmuré entre ses dents comme s'il n'osait pas : « Il est pas prêt de sortir de prison, ton père, dis donc ! »

Je me suis dépêchée de répondre que je savais tout ça. Et que je l'attendrais.

J'aurais bien voulu qu'il m'explique comment ses parents lui avaient donné la permission de venir chez moi. Parce que personne n'aime les prisonniers et encore moins les enfants de prisonniers. Mais je ne voulais pas le lui demander.

J'étais en train de penser très fort à tous ces enfants de prisonniers que les gens ne peuvent pas aimer. J'y pensais peut-être trop fort. Si fort que ma pensée est passée dans la tête de Jonas.

« Les enfants ne sont pas responsables des actes de leurs parents ! » Voilà ce qu'elle avait dit sa mère. Il avait appris la phrase par cœur pour pouvoir me la réciter. Et son père était d'accord pour qu'il vienne jouer avec moi, ici.

La tourterelle s'est mise à roucouler. Comme si elle avait deviné, elle, ce qu'il fallait répondre. J'aurais bien voulu trouver les bons mots. Ceux qui disent le bonheur. Mais ces mots-là, je ne les connaissais pas.

Assis à l'endroit le plus beau de la maison, Jonas s'est gavé de crêpes. Il aimait beaucoup ça. Il regardait tout ce qu'il y avait autour de lui, surtout les grandes flammes du feu. Il regardait sans arrêter de manger. Et parfois la bouche pleine, il grognait : « C'est terrible chez toi ! »

Chapitre 33

J'aime l'école. J'aime à nouveau beaucoup l'école. Et aussi la maîtresse. Et aussi les enfants. Je crois qu'à l'école on m'aime un peu. Je dis : je crois, parce que l'on n'est jamais bien sûr de ces choses-là. Pourtant je ne suis pas plus jolie, ni plus amusante, ni plus bavarde, ni plus futée. On dirait que, depuis qu'ils ont entendu ma rédaction, les élèves me sourient. Il me semble que leurs yeux sourient tout le temps quand ils me regardent. Alors moi aussi, bien sûr, je leur souris.

« Léonore, tu viens jouer avec nous », clame Jonas, et je me dépêche de le rejoindre avant qu'il ne change d'idée. Tout le monde s'approche. Et tous acceptent de m'avoir avec eux. Comme avant, avant...

Je sais bien que les jeux de l'insupportable Jonas attirent n'importe quel élève. Même Angèle l'appliquée, même Sonia qui est pourtant si triste. Et aussi Jules, Lucie, Karim, Marie... Tous arrivent. Les jeux qu'invente Jonas sont géniaux.

Il me semble que je ne suis plus invisible.

Jonas m'appelle par mon nom. Et la maîtresse me fait réciter des poésies plus souvent qu'à mon tour. Elle prétend que je dis très bien les poèmes. Presque aussi bien que Karim qui est poète, lui. Elle ajoute même que c'est un vrai plaisir de m'entendre réciter, et que les autres feraient bien de prendre exemple. Sauf Karim, bien sûr.

Pour les récitations je deviens un exemple. On dirait que la maîtresse s'en moque que je sois la fille d'un prisonnier. Ou alors ça ne fait rien. Puisque la maman de Jonas le dit, c'est peut-être vrai.

Sonia vient de perdre sa balle. Elle pleure beaucoup. Les garçons se moquent d'elle. Moi, je sais pourquoi elle pleure tant. Je devine que son papa marin lui a donné cette balle un jour. Achetée rien que pour elle. Peut-être. Alors je l'aide à chercher partout. Et c'est moi qui la retrouve, derrière une porte. Aussitôt, Sonia s'arrête de pleurer.

Angèle ne me parle toujours pas. Ni ses parents ni elle ne doivent aimer les enfants comme moi, ceux qui ont un papa en prison. Ça ne fait rien. Ce n'est pas tout à fait vrai que ça ne fait rien. Même si elle est prétentieuse, Angèle, j'aimerais bien qu'elle me parle.

De sa voix très douce, Karim a murmuré : « Dans le désert le fennec rôde près de la tente des Bédouins. »

« Et que font les Bédouins ? » a demandé Marie.

« Rien ! » a répondu Karim.

Il y a des mots que je ne connais pas. Mais tout ce que dit Karim est beau.

Chapitre 34

Je suis entrée en classe, la dernière, comme toujours. Les élèves souriaient.

Je ne pouvais pas savoir encore pourquoi ils souriaient tous. Et la maîtresse plus que les élèves.

Je suis allée vers ma table tout à fait au fond, près du mur. Sur la chaise d'habitude vide, Marie était assise. J'ai cru que je m'étais trompée. Je suis souvent dans la lune. Encore plus lorsqu'il y a ces sourires que je ne comprends pas. Marie m'a dit que la maîtresse lui avait permis de se mettre là. Elle m'a expliqué que ce serait plus facile pour me prêter son stylo rouge.

Maintenant, Estelle se retrouvait seule, avec à côté d'elle la chaise vide de Marie. Ça m'a fait de la peine pour elle. Seulement un peu de peine, mais pas trop, parce qu'Estelle souriait comme les autres. Elle n'était donc pas malheureuse malgré la chaise vide à côté d'elle.

J'étais tellement dans la lune en arrivant à ma place que je n'avais pas vu cet énorme paquet posé sur ma table. Une grosse chose entourée d'un papier de couleurs vives comme on en voit à Noël. Je me suis reculée. Ce gros cadeau-là ne pouvait pas être pour moi. C'était bien mon anniversaire mais personne ne le savait. D'ailleurs, depuis le jour où mon papa avait disparu, je n'avais jamais plus eu de cadeau.

La maîtresse m'a commandé d'ouvrir le paquet, et de faire très attention en l'ouvrant. Ça devait être fragile.

Je me suis approchée tout doucement, et plus doucement encore j'ai soulevé le papier si joli avec ses rennes verts qui tiraient un traîneau bleu dans la neige blanche. En faisant bien attention je ne l'ai pas déchiré. J'ai tout de suite vu un grand bocal rond. À l'intérieur, un poisson rouge tournait au milieu de petites herbes parsemées de cailloux brillants.

Sur le bocal, une carte était collée. C'était très bien écrit, j'ai reconnu l'écriture appliquée d'Angèle : « Je m'appelle Le Poisson, je vais vivre avec Léonore jusqu'au jour où son papa sera libre. Ce jour-là, Léonore devra me rendre ma liberté en me laissant partir dans l'eau du canal. »

Marie-Claude Bérot

L'auteur est née à Toulouse et vit depuis longtemps dans les Pyrénées. De son enfance passée dans l'Aude elle garde de bien beaux souvenirs. Puéricultrice, elle a trois enfants, et des adorables petits-enfants.

Elle est également l'auteur, en Castor Poche de :
Ninon-Silence, n° 731
Badésirédudou, n° 847
Chaque jour, je t'écrirai, n° 904
Mes vacances préférées, n° 961
Clara et Martin, n° 984